大将樅

TAISHOMOMI

佐藤 幸

SATO Kou

文芸社

目次

大将棋

序章

「昔はねぇ」と言うのが口癖になって、「昔はね、おばあさん」と呼ばれるようになった山辺良が、今朝も門の傍らに立って高松山を見ています。昔のことしか話ができなくなったわけではなく、新しいことが解らないわけでもなく、パソコンでメール友達と写真のやりとりなんかもしているけれど、日々新しくなる情報や知識を朝から晩までスマートフォンを操作する指先から得ている（と、言えば皮肉でしょうか）若い人々には、すっかり老人扱いされているのは当然のことです。

この頃は手紙のやりとりをする友達もめっきり少なくなってしまいましたが、近くのポストまで葉書を出しに行こうとサンダルを履いていると息子の伸也の勤め先の盛岡から、時折様子を見に来てくれる嫁の佐津子さんから、「転ばないでね」と、必ず声をかけられる有様になっています。夫の山辺達也ももう九十歳を越え、良がこの山辺の家に嫁いで来てから今年でなんと六十六年にもなっていると言うと、「ほう、そんなになったのか」と応えるような有様。驚いてしまいます。

孫達も大きくなって、「ばばちゃんとじじちゃんの話は、『むかし昔、あるところにオジイサンとオバアサンがいました』っていう『むかしばなし』だよ」と言います。お正月には炬燵の周りで蜜柑と南京豆。それに百人一首、歌留多に双六、福笑いなんていう感じだったし、大人の男達は囲碁や将棋をしに集まってきたものだと話しても、ちっとも興味がないような時代になって、スマホゲームとやらをやりとりして外で腕白っていうことが今はないのです。周辺に沢山子供がいた頃は戦争ごっこなんかしていたね、と言うと笑います。

全く前時代の話というわけで忘れられていくこの山辺の家のことを、少しは忘れないで覚えてほしいと思う二人だけれど、また「昔はねだ」と言われることになります。達也爺は九十三歳。良婆は八十六歳。「昔はねぇ」が口癖になっているのは二人とも同じで、何もかも「ウン。ウン」で話が合うようになった二人です。

「昔の子供達は自然が友達だった。子供達だけではなく、大人達も自然と仲良くすごしていた。自然の中に楽しいことがいっぱいあった。春は春で、夏は夏で、秋は秋で、そう冬は冬で……。自然もまた皆と友達だった」というのは、夫の達也でした。妻の良もそう思っています。そしてまた「昔はねぇ」という言葉が出るのです。良の「昔はねぇ」は達也の昔よりも七年ばかり若いのですけれど……。

第一章　むかし、昔

「昔はねぇ」の話は、達也の父である舅の総輔の父である祖父の清兵衛さんから聞いた話が、もっと古いのです。良が山辺家に嫁いできた時（今では嫁ぐなんて言わないでしょう）には、清兵衛さんの妻のタミさんは亡くなっていました。清兵衛さんはその時にはもう米寿を過ぎていて、大きな床の間のある奥の座敷に文机と手火鉢を傍に置いて、煙管《きせる》で煙草を吸い、新聞を読み、古書に親しむというような生活をしていました。幼名を壬輔と言い、清兵衛という名前を襲名して六代目でした。舅の総輔からは襲名をしない時代になっていますが、本当に古い家でした。

大正末の関東大震災の時には、山辺家の持ち山に植林した杉を復興のために沢山出荷したのだとは聞いていました。良が嫁いできて、休んでいる清兵衛さんにお茶を持って朝の挨拶に行った時、清兵衛さんは誇らしげにこの山辺の家の歴史を聞かせてくれたのです。

「わが家は古くから『親郷《おやごう》の肝煎《きもいり》』という役を受けて過ごして来た家で、儂《わし》が六代目清兵衛。杉を植林して育成し、災害が起きないように地域を守るのが家業なのだよ」と言いました。良は山辺の家が「親郷の肝煎」などという古臭い役職についていた家系とは知らなかったことでした。言うなれば大きな庄屋ということなのでしょう。良の実家も杉山を持っていました。その関係で良が嫁いでくることにはなったのでしたが……。良は家の事業として山林業を深く考えたことはありませんでしたから。

「秋田の天然秋田杉が知られるようになって、珍重されようになったのは江戸時代以降からなのだけれど、植林や杉を植えることはなんと『万葉集』の時代からされていたのだよ。それは秋田だけの話というわけではないが、七世紀頃に編まれた『万葉集』の中に、『杉を植えた』という歌があるのを知っているか」

と、続けてたずねられて、知らなかった良は驚いたのでした。

「それも一番の歌人である柿本人麻呂が詠んでいるのだよ。

いにしへの人の植ゑけむわか杉に霞たなびく春は来ぬらし

という一首なのだ。『万葉集』には杉の歌があるけれど、この一首で杉が人の手で植えられていたということが解るのだよ。

秋田には知っているだろうが、平田篤胤《あつたね》や佐藤信淵《のぶひろ》のような実学者がいてね。特に佐藤信淵は貧しい農民に目を向けた人だったそうだ。そんな人がいたから、先代が直接指導を受けたわけでもないだろうが、林業を誇りに思えたのだろう。おかげで秋田杉が県の木と言われるようになったのだと思うよ。植林は大事なわが家の事業になった」

様子を見に来て傍で聞いていた総輔は笑いながら、その話の続きをしてくれました。

「久保田藩の藩主であった佐竹家が日立から久保田に転封《てんぽう》される以前から、ここの杉は良質の建築木材資源として知られていて、上納されたり、販売されたりしていて、久保田藩の城下町の建築にも多く使われ、藩の重要な資源になっていた。初期の久保田藩には『国の宝は山なり。山は木を伐り尽くしてしまえば駄目で、森林を保護し保全しなければならない』と、森林がいかに大事かを説いた家老がいたのだそうだ。その中で杉が秋田の地味《ちみ》によくあっていたのかもしれないね」

良には思いがけない話でした。杉の林は当然のようにあるものとしか思っていなかったことに気が付いたのです。そこには姑のキサも傍に座って微笑んで聞いていたのでした。

今はすっくと育って林になっているこのあたりの杉山ですが、慶長年間に発見され盛業していた銀山の精錬炉のために、大木になっていた周囲の山の自然木がドンドン伐られて、ほとんどはげ山になっていた時代があったのだそうです。その山に明治時代から先祖達が育ちのよい杉を植えて杉山にしたのだと話してくれたのでした。祖先は先見の明があったのでしょうか。その山々で育てられた杉が今は「銘木秋田杉」という名前がつけられることになったわけです。杉の植林は、このように本当に古い時代から続けられてきたものだったのでしょう。良がこのことを知って驚いたと、あとで達也に話すと、「お前も聞かされたな」と言って笑いました。達也はこのような話を聞かされながら育ってきたから大学で林学科を選択し、林業経営を学んでいるのだと、改めて良は気が付いたのでした。

清兵衛が、「達也に高松山につれて行ってもらえばいい。この家のことがよく解ると思うから……。昔とはすっかりちがっただろうがね」と言うと、舅の総輔も「それがいいな。少し道がまだ乾いていないかもしれないが……」と言って、達也を呼びました。

良は義妹の長靴を借りて、達也と二人で山登りをすることになりました。時期は晩春。田植えをそろそろ始める時期です。二棟の土蔵の建っている広い裏庭を囲っている裏門を出ると広い畑地、その傍に勢いよく幅二メートルほどの小さな川が音をたてて流れていました。

「ここには本流から水を分けてきて、わが家の水車小屋があって、精米をしていたのだそうだよ。今は電力の製米所ができて不要になって取り壊されて、この川だけが残っている。古い床板が残っていて危ないから渡っては駄目といわれていたけれど、裏門を出るとすぐのところにあるので、夏は丁度いい水浴びの場所だったよ」と言って、達也は笑いました。この小川は山辺の清兵衛さんのお座敷近くにある坪庭の花菖蒲を植えてある池（戦前は沢山の錦鯉を泳がせていたという池）を通り抜けて、表門の脇に枝を広げている柳の木の脇から、表の通りに流れ出しているのでした。表門のある通りは、役場や消防署や郵便局などのある町通りでした。そして少し離れて町の役場があり、小学校があり、呉服屋や小さな本屋、雑貨店や魚屋が並んでいるごくごく普通の田舎町でしたけれど……。

さて、山辺の家の裏門から出ると広い田圃。田植えを待つ季節で、苗代には緑爽やかな苗が育っています。田圃では代掻きが盛りでした。機械などは使っていない時代なので、馬や牛にひかせて、長閑《のどか》に田圃の下ごしらえ、代掻きをしている人々がいました。裏門から連れ立って出て来た二人を見ると、頬被りをしている手ぬぐいをとって「アンツァ。エ天気ダナンシ」と挨拶をして、良をニコニコしながらじろじろと見ました。達也は「ウン。

エ天気でエガッタナ」と言いました。皆顔見知りのようで、達也はそれに機嫌良く応えて歩いて行くので、良は皆におじぎをしながらついて行きました。

「そろそろ山菜の出る季節だから、このあたりは人がでるよ。いつも一番先に定が持ってきてくれるのがアザミ。あまり好きではないが……」と、道辺の叢をかき分けて笑いながら達也が言いました。定とは良の嫁入りの日の手伝いに来ていた定雄のことで、達也の一番の仲間のようでした。

田圃の畦道を渡っていくと、土筆《つくし》や蕗《ふき》の薹《とう》、スカンポや蒲公英《タンポポ》が顔を出していて、広々とひろがっている田畑の向こうに、優しく重なり合うように皆に親しまれている里山があるのでした。時々、達也は、並んでいる山の名前を楽しそうに指さしながら、説明してくれるのでした。

晴天なので、芽吹きはじめた山々から匂うような風がふいて気持ちがいい。

山辺の家から最も近いのは山神山と、皆に親しまれている里山の高松山で、山辺の持ち山です。その裾野に年月を経た杉の小さな林に囲まれて、足王さんと呼ばれている小さな神社がありました。そこには韋駄天を祀ってあると聞きました。「韋駄天という神様は脚の速い神様で、運動会の前には、皆がそれぞれこっそりとお詣りしたんだよ。お詣りの効果は解らないけど……」と言って達也は笑いましたが、小さい神社でした。この辺の大きな木はほとんど杉の木なのですが、この神社には一本大きな松の木が枝を広げていて、松ノ木さんとも呼ばれて皆に親しまれていたそうです。子供の頃にはこの松の木の一番下の太い枝のところまで登って叱られたと、達也が言いました。

山神社と高松山との間には、山の彼方此方の沢の水を集めてできた川が流れ出していました。これが山裾の田畑を潤して纏まり、太くなった川を分けた川が、山辺の家裏にある水車小屋を動かしていたのだと言います。盆地一帯に広がる田畑を潤しながら流れて、やがて向かいの山の裾を流れる本流の大きな川まで幾筋もの小川を集めながら合流してゆくのでした。豊かな水です。

山林関係の人々の信仰を集めている山神社がある山神山。このお祭りには山林、樹木関連の仕事に関わる杣人《そまびと》たちが、近郷からも参詣に来る神社なので、大事にされているのです。長い石段が社殿のある平まで続き、その脇には年月を経て天をつくような太い杉の大木が並んでそびえたっていて、見事です。境内には涸れたことのない泉があり、お茶を飲むための水を汲みに来る人もいるということでした。

その山と並んであるのが、清兵衛さんの言った山辺家の持ち山である高松山です。この高松山は人工的に植林した山ではなくて、全く自然にできた雑木の茂り合う山だと思うのですが、ちょっと不思議な形をしています。高さが三段階になっているのです。その一番下のあたりは岩が積み重なっていて、暗く深い虚ろになっているところがありました。そこには注連縄《しめなわ》がはってあり、山辺家の氏神様だということでした。この形は造山活動の時からの形なのでしょうか。いずれであったとしても長い年月を経て、雑木の枯れ葉が朽ちて積み重なったであろう土や草に覆われていますから、堅い感じはしませんが、山全体が遠目から見ると平らな層が三段重なっているような形に見えるのでした。

　この山の裾野にある平地に、達也が生まれた時に、祖父の清兵衛さんが喜んで植えたのだということですが、枝垂桜の木が大きく枝を広げていました。苗木の時期を入れると樹齢は三十年余りでしょう。今では大きく枝を広げて季節が来ると見事な花をつけるようになっているということでした。この木から少し離れたところに大変な老木の枝垂桜が立っています。この町で五年ほど前に古木の年齢の調査をしたとかで、この木には樹齢三百二十年と書かれた木の札がつけられていました。瘤だった太い幹の根元近くからひこばえが育っていて、五年ほど前からは、そのひこばえにも花がつくようになったと言っていました。枝垂れ桜は長命なのです。この枝垂れ桜達を麓に置く高松山は、雑木達が自然の形で育っている雑木山です。高松山は要するに奥山に入っていく前の里近くの里山として皆が親しんでいる山でした。

少しだけ草を踏んだようになっている登りの道を辿ると麓から三十米ほどの高さのところに、大きくひらけた平があります。三段のうちの一番下のこの平はテニスコート三面ほどの大きさの平地という方がいいかもしれません。蒲公英だとか杉菜《すぎな》程度の短い草は生えていますが、緑色の苔のような草ともいえないものが覆った台地でした。

達也は「暫し休憩」と笑いながら麓の方を見下ろして立って良を呼びました。そして「ここは大将櫟の平というところだ」と言いました。山辺の家の大きな屋根が見えました。代掻きをしている田圃は日を照り返し、苗代の苗はさ緑。種まき桜と言われている辛夷《こぶし》には白い花が盛りと咲いていて、のどかな田園風景が広がっていました。農家らしいつつましい家が点在しています。

「戦後のあの農地改革で、地主制度の解体が行われる前は、このあたりは皆、山辺の田圃だったんだ。小作してくれていた人達の小さな家が点在していた。今は山辺のものでなくなったけれど、当時の小作人の人達が皆自作農と言うことになって、もう小作人ではないけれども、ありがたいことに今も山林の仕事に力を貸してくれて、山辺の営林関係の仕事がうまくいっているようだ。皆、それぞれ諍うこともなく、助け合って暮らしているようだ。社会構造もすっかり変わって年月が経ち、農地解放のあとは、政府主導で農業政策を考えるようになった。これからの農業はすっかり変わるだろうな。あれから十年くらいの間に、地籍が変わり、用途が変わり、世代が変わって、顔見知りは少なくなったけれど、このあたりでは皆が親戚みたいに助けあっていて、まだ穏やかな農山村っていう感じが残っているようだ。それでも移り変わりは早い……」と達也は言いました。

「もう一息で、山頂だ」

二人はこの平の上の二段階を登りました。樅の木の平までの道とは違って草の生えた土の細い石ころ道でした。ゆっくり登って、山頂のちょっとひらけている草地に着くと、達也はさっきと反対側に続いて見える奥山の方を指さして、

「黒い樹林の続く奥の山は奥羽山脈。あれは官山なので、自然そのままなのだ。その手前に整えられて、芯の立って見える造林杉の山は山辺の山々だ。この高松山はそこへの入り口になっている」

と、良に教えました。

そして「その山で十歳の時、初めて『木出し』という山の仕事を見たのだ」と言いまし

た。木出しというのは、材木として使えるようになった木を選んで伐採して運び出す作業のことです。雪国では早春、伐採した木を固くなっている残雪の上で滑らせることができるからだったと思います。今では機械で行えるようになった作業で、冬にはしない作業でしょうが、人力と馬力で行っていた時代の話でした。木出しに集められた山の人達は、皆、日に焼けて身体も大きく、声も大きい豪傑のように見えたものだったと、達也は良を見て笑いながら言いました。

日が当たるように、なだらかな斜面に植林されている杉の林です。用材として使えるまでに成長した樹齢四、五十年くらいの木を選別し、太さや高さを見て印をつけ、斧を入れて倒すのです。危険を避けるために、彼等はお互いに大きな声を掛け合います。轟音を立てて木が倒れるとともに、張り出していた枝がバリバリと音を立てて折れ、雪の斜面をどどどと雪しぶきをあげながら落ちていき、山の下の台地に積み重なって止まるのです。そこへ集まってきている男衆達が細い枝を落としたり、用途別の仕分けをします。杉の皮は剝がされて、屋根を葺く材料になります。細い頂の方は、杭として使ったり、道に並べたり、また刈りとった稲をかけて乾燥させる稲架にされたり。とにかく皆声を掛け合いながらの作業で、無駄なく利用されたのです。太くせずに本当に長く丈夫に育てた長木を、五月端午の節句の時、山辺家では勇壮な武者絵の幟《のぼり》を立てて飾って祝った、今は立てないけれどあの幟は仕舞ってあるはずだ、と達也は言いました。

そして伐採した材木は用途に応じて仕分けされ、馬車や馬橇《ばそり》に積まれて運び出されるという手順です。馬は馬耕という農作業に必要な家畜でしたし、農家では大事に飼育されていました。当時の移動手段は夏は馬車、冬は馬橇の地方でしたから、材木を運び出すために何頭もの馬が連れてこられていたそうです。

良も自分の育った家のことを思い出していました。下男と言うと今では叱られそうですが、昔は良の実家でも何人か働いていました。彼らが自分の馬の飼料にするために、朝早く杉の林の下草になっている草を刈ってくる姿を見ていましたから、達也の山辺の家でも、同じようだったのだろうと想いました。

達也は言いました。「俺が小さかった頃、ここのお医者さんが馬に乗って往診に来ていた。齢とってからは人力車だったが……」

昔は家の主は馬を乗り回すのが当たり前だったと良も思い出して「今はすっかり変わりましたね」と言って笑った。「馬は今でも農作業で使われるけど……」と言って、顔を見合わせて頷きあったのでした。

達也はまた言いました。

「この町には〈馬車屋〉という名前の店があるんだ。鉄道が通る前には、交通手段は馬車だったのだ。荷物を運んだり、乗合馬車みたいなのを差配していたからついた名前の店だったそうだ。今では〈馬車屋〉という屋号だけが残っていて、馬で、仕事をしているわけではなく、雑多なもの、山仕事の道具、鉈、背負い子、鋸、釘、金槌、橇、地下足袋、脚絆、ランプ、縄、蓆、笠、唐傘、藁沓……その他諸々を並べて売っている便利な店になっているから面白いよ。町の便利店だ。昔は乗合馬車に乗ったり、荷物を運搬してもらったりするところだったらしい。面白いね。町では皆がその屋号で呼んでいる店だ。我が家の屋号は〈清兵衛〉と言われていて、俺も町の知り合いには『清兵衛のタッチャン』って今でも呼ばれているんだよ」

良もまた「私も『仁右衛門の良ちゃん』と呼ばれていたのですよ」と言うと、「仁右衛門の良ちゃんか。ハハハ」と達也は笑った。

「そろそろ帰ろう。ここの平は樅の木がないのに〝大将樅の平〟というんだよ。〝大将樅〟と呼ばれるすごく大きな樅の木が一本でーんと立っていた。俺が小学校の四年生の時に、それを切り倒して……」

と、達也が話しかけたら、

「やぁ、タッツ。やっぱりここにいたな。邪魔しに来たぞ」

と、登ってきた男がいました。

「おぉ。定か。丁度よかった。いま、大将樅の話をしようと思っていたんだ」

「そうだな。その話は忘れられないことだからな」

＊　＊　＊

「大将樅」を伐った日のこと（達也の話）

高松山を登ってゆくと、大きな台地があります。麓を丁度見下ろすような高さの広い台地の真ん中に、でーんと立っている大将樅と呼ばれている樅の木がありました。もしかしたらここは昔は採石場だったかもしれません。高松石と言って、敷石にしたり土台石にしたりしている石はここから採られたものかもしれません。詳しいことは知りませんが、石積みのような山です。不思議なことにこの台地にはこの樅の木だけしか立っていないように見えるくらい立派な樅の大木でした。誰が植えたわけでもない、自然の樅の木です。清兵衛さんが言うには、樅の自然木は、秋田が北限だと言いましたから、その樅の木は誰が植えたのでもなく、育ったものなのでしょう。平の真ん中にものすごく大きな樅の木がでーんと立っているのでした。達也達が三人、手をつないで囲んでも届かないほどに太かったと言います。

その年、八月中頃、大きな台風が来て、下から見える大将樅はまともに風を受けて、いつもより揺らめいて見えました。まだ在世していた達也の高祖父（達也の祖父壬輔《じんすけ》清兵衛の父）である高齢の要輔清兵衛（ちょっと長くて解り辛いでしょうね）が、壬輔清兵衛に「そろそろ考えた方がいい」と、大将樅の伐採を言ったのでした。そこで達也の祖父壬輔は息子である達也の父総輔と杣夫頭の宗造と相談して、二百十日が来る前に伐ることに決めたのでした。二百十日、二百二十日というのは、立春から日数を数えて、二百十日目、二百二十日目あたり、暴風の来ることの多い九月初旬のことです。農事の被害がよくありました。

何度も相談を重ねて、伐採に四日はかかると言っていました。雑木山にこの一本だけ目立っていた大将樅です。

その日、達也達は学校でした。大将樅は学校からも見えました。腕白達は皆、大将樅が伐られるということを知っていて、話題にして、見に行きたいと言っていましたが、親達や先生達に危ないから、行くなと言われていました。だから皆知っていて、教室の窓を開けて見ていました。先生達も見ていました……。学校からかなり離れているのですが、激しい風が吹くと、揺れているのが見えました。風で倒れるとおおごとだなと話してはいましたが、とうとう終の日になったのです。

この大将樅の伐採の様子を達也は傍で全部は見せてはもらえなかったのです。学校がありましたから……。見なかったところは父の総輔から、順序よく聞かせられたのです、

まず大将樅の太い幹に注連縄が巻き付けられ、御神酒の一升壜を供えて、達也の父と杣夫頭の庄蔵が柏手を打って拝みました。作業にかかる男衆達が鉢巻きにしていた手ぬぐいを外して、それに倣いました。

命綱をつけた庄蔵の息子源蔵（定雄の父）が登りました。杣夫達の木登りは見事だそうです。まず四方に伸びている頂き近くの枝を切り落としていきます。頂といっても結構太い幹になっているのですが、鋸を持っては登れません。腰に鉈と山刀を結び

つけて登っていくのです。源蔵は「いい景色だなぁ」などと言って手を広げて笑ってみせましたが、危険なことです。張りだした枝を少しずつ伐っては落とします。落ちてくる時に途中の枝にあたって、バシバシと音を立てます。

「おう!」「いいか!」「引っかかった」「待て!」「行くぞー」「離れろ」「よおし、きた!」男達の大きな声は響きます。切り落とされた太い枝が幹から離れる時には、幹が大きく揺れます。揺れる幹につかまって源蔵も揺れるのです。途中で二度ばかり源蔵は下に下りて煙草を吸い、手伝いの人達が運んできたお茶を飲んで、「よ~し」と自分に声をかけて、また登っていきました。当時は山辺の家に女中が四人ほどいましたので、大きい薬缶にお茶とお握りと漬物が届けられていたのです。庄蔵が声をかけると「うん」と応えて、また登っていきます。ゆっくりと、何度も休みをとって、また登って……。腰に命綱を結んではいますが,見ていても怖いほどです。

「あの木はすごい高さだったけど、平気で登るなんてすごいな」と、達也は父の総輔に言いますと、「杣夫は皆訓練している……」と、父は言ったそうです。

何度も上り下りして、幹の太さが五十センチほどになるところまでで一日目は終わりました。

山をなしている大量の落とされた枝は太さを考慮しながら、あの氏神様の前の広場までおろして若い杣夫達が積み上げていきました。昨日まで風を受けてわさわさと揺れ動いていた大量の枝です。それを手慣れた手順で杣夫達は縛って積み上げたのです。先に話したようにこの樅の木の下は広くひらけていたので、仕事はしやすかったということでした。

三日目、学校が午前中で終わるのだから達也と定雄は昼過ぎには見に来てもいいぞと言われ、意気込んで行ったそうです。定雄は杣夫頭の庄蔵の孫で、達也と同級生。一緒の遊び仲間、腕白仲間なのですから、一緒に行きました。いつもいろいろな悪戯もして、叱られるのも一緒の二人でした。

ここからは達也の見たことになります。

行ってみると、大将樅の幹から横に張りだしていた枝は午前中にすっかり取り払われていました。上の方から一コマ（九尺ほど）ずつ、縄でしっかり縛って吊して下に落とすところでした。落とすたびに源蔵がつかまっている大将樅の幹が大きく揺れるのでした。何コマかを落として、昨日から落とした枝の整理と麓への運び出しをして、空につきたっているように残っている最も太い根元から周りに足場を組み立てて対面して登り、これからは二人挽きの大鋸で息を合わせて挽いてゆくのです。挽き手が交代して八尺ばかりの長く太い幹がどす～んと落とされて、下の平に止まらないで転がると、どこへ行くか解りませんから、大変危険です。皆が息を合わせ、それが地響きをたてて落ちてきた方角を見守って、手鉤をたて、手斧で抑えて止めるのは、本当に危険な作業です。杣衆達は互いに声を掛け合って作業を進め二丈ほどの太い幹の部分を残して、三日日は終わりました。この二丈ほどの太い幹の部分を大切に切り倒して、大将樅の伐採は終わりになります

杣衆たちは互いに声を掛け合って、二丈あまりの幹に縄をかけ傷がつかないように大切に引き倒して終わりになるのです。

明日は、天気もいいらしいし、今日は終わりだなと言い交わしながら、皆は山を下りたのでした。

「明日は最後だからな」と笑って、汗臭いシャツで身体をこすりながら、ぐいぐいと薬缶からお茶を飲んでいる源蔵の筋骨の目だつ身体に圧倒されて、達也達は山を下りたそうです。

翌日は晴れました。これであの樅も終わりだなと言いながら二人挽きの大きな鋸を

運んで登って行く人々と一緒に、達也達も登って行きました。学校は休むな！　と、言われていましたが、日曜日でした。交代しながら、残っていたあの注連縄を巻いた太い幹を押し倒す方向を定めて斜めに斧を入れます。斧を入れた反対側から、鋸を入れていきます。鋸を入れたところに楔《くさび》を入れないと、樹の重さで鋸がひけないのだそうです。楔を叩き入れて、斧を入れてあるところに次第に鋸が近くなってくると、頭《かしら》の庄蔵が、息子の源蔵に声をかけて楔を叩きながら、深く入れさせはじめました。総輔が肯くと庄蔵は着ている半天の襟を正して、大将樅の根元に酒をかけて手を合わせました。この樅は、きっと杣の人達にも神様が居られるように見えていたのでしょう。皆も一緒に鎮まって手を合わせて目をこらしています。庄蔵が力をこめて打ち付けた最後の大斧で、大将樅は木の周りの平にドーッと地響きをたてて横たわったのでした。

見ていた杣衆の皆が傍に寄って手鈎を持って大将樅が転がるのを抑えました。総輔が庄蔵の側に行って「うん、うん」と言いながら肩を叩いていました。伐り口の年輪は二百二十までは数えましたが、それよりももっともっと多く、あまりに細かくて数えきれませんでした。当然です。

上の方から伐られはじめてから、空がだんだん広がっていくように見えていたのですが、倒されて空を遮るものがなくなった高松山は何だか急に低くなったような気がすると達也は思ったのでした。そして太陽がこの平地を全部照らして広がったみたいでした。

達也が源蔵に「あんなに高い所で揺れておっかなくなかったか」と、聞いたら、「おっかなかったぞ〜。達チャン。落ちたら大変だと思って目つぶって、カミサン、カミサンと祈っていたよ。アハハハ……」と、笑って、汗臭い汚い手ぬぐいで顔を拭き、達也と定雄の頭をこつんと叩いて撫でました。

庄蔵が二尺ばかりの樹皮つきの剥ぎ板を綺麗に整えて総輔のところへ持ってきて「大だんなさんに」と言って渡したのでした。その剥ぎ板を、「うん」と言って受け取った総輔は、家に帰り、座敷の雨戸を開いて、伐られていく大将樅を遠く見て座っていた祖父の清兵衛のところに持っていったのでした。清兵衛は、達也を呼んで傍に座らせ、硯に墨を丁寧にすらせて、剥ぎ板に日付と「山辺清兵衛。総輔。杣・庄蔵」と書いて神棚の後ろに立てて納めました。厳粛な感じがしたと、達也は言いました。それはまだ神棚の奥にあるはずです。

伐った大将樅はその後、ひと月以上もかかかって整理され、運び出されていきましたが、記念にするためだと言って根本の材を輪切りしたもので、総輔は衝立を作らせました。年輪は二百三十までは数えたと言っていました。「乾燥してゆがみがなくなったら、お前に机を作ってやろうかな」とも言ったそうですが、何枚かこの樅の厚い板は、今も「材木小屋」に収納されてあるのです。

＊　＊　＊

「なんだ。あれの机はこしらえてもらわなかったのかよ」と、定が笑いました。

「そうだよ。戦争が始まってそれどころでなかった」

「そうだよな。いろいろとあった……」

第二章　戦争が始まり終わり

良と達也が結婚したのは昭和三十八年。第二次世界大戦と名前の変わった支那事変から始まった太平洋戦争は終わって、ようやく落ち着きを取り戻した頃です。達也も良も似たような体験をしましたので、時々話し合う思い出話にも、頷き合うことが多いのです。「あの頃はなぁ」と言い合いながらの思い出話になるのです。

開戦した頃の国民は欣喜雀躍、日本は神国なのだ、日本は一番なのだという教育を受けて、信じていました。単純な子供たちは、大本営発表のニュースに心躍らせ、世界地図をひろげ、日本が勝って占領したというところに、日の丸の小さな旗を張り付けて心躍らせたのでした。十二月八日は「大詔奉戴日」として、一億一心と言う言葉に従って日の丸の小旗を振りました。しかし、次第に戦況が悪化してきて、日本本土にも空襲されるという事態になったのです。そうなっても、小国民はお国のためにということを思っていた時代だったのでした。

山辺の家のすぐ近くに分家の娘である克代とその娘の絹代が疎開してくることになったのは、戦争が激しくなったその頃です。絹代には達也と同じ年の兄がいますが、彼は達也と同じように工場動員でしたから、疎開しないで、克代とその娘の絹代を疎開させることになったのです。絹代の父の勝利は内務省の下で通信機器を整備する技術者として仕事をしていたのですが、二人を実家に預けるために、無理をして日帰りで送ってきて本家である達也の家に一寸だけ顔を出して、急いでまた上京していったのです。その時、達也は父と一緒に勝利と会いました。勝利は、

「あぁ、君は中学四年生なんだね。絹代をよろしく頼みます。君たちもいろいろ大変だろうけれど、大きく目を開けて世界のことを勉強しなければいけないと思うよ。小学校五年生だから絹代の勉強を見てやってくれたら有難い。よろしく頼みますね」

と、言って達也の肩を叩いたのでした。勉強のことはともかく、日本が第一と教えられていた達也は世界のことを勉強しなさいと言われたことに、強い印象を受けたのでした。

中学校四年生の達也。毎日軍事教練や食糧増産のための勤労奉仕、ろくな勉強もできなかった達也です。田舎の小学校では絹代ちゃんの勉強を見てやらなくとも十分なのでした

が、「勉強を見てくれ」と言われたことに刺激されたような気分で、教科書などをじっくりと読むようになったのはよいことだったと思われます。たまには定雄たちと絹代ちゃんと一緒に、山にキノコを採りに行ったりすることもできるというのどかな田舎暮らしもまだありました。切迫感はないのですが、若い働き手のいない暮らしは決していいものではありませんでしたし、都会から食糧を求めてくる人々の心荒ぶような話も、時折聞かされるようになっていました。

太平洋戦争が昭和十六年十二月八日に始まって、日本の勢いは世界に通じるような気分になったのでした。若い働き手は出征を名誉とたたえられて、戦地に赴きました。農家の小作民に満洲・蒙古の荒野を開拓させて、開拓した土地を自分のものにできるのだということにして、開拓民を募集した国家事業ができたのです。山辺の家で手伝いをしていたアヤが、隣村の小作農の三男で、町の時計屋の見習いとして下働きをしていた信三と結婚して、その満蒙開拓団に参加することになったのでした。達也のお母さんは心配して、「いかない方がいい」と泣いたのですが、時代の趨勢に巻き込まれてしまいました。達也は「アヤは偉いな」と言ったそうです。

アヤがいなくなってから、山辺の家には昔から内働きに来てくれている年寄りの菊が通ってきてくれるだけの暮らしになったのだそうです。

いよいよ戦況が切迫してきて、達也達中学校の生徒達がそれまで食糧増産のための労働から、軍備を補うために、集団で神奈川県の造兵工廠に動員されて行くことになったのでした。十五、六歳の彼らは、そこで三月十日の東京大空襲を遠望し、混乱が続いている中で八月十五日の終戦の日を迎えたのだそうです。

その頃の話を達也は時折良に聞かせてくれました。その一つですが、川口君と言う同級生との話は、印象深く良の心に残っています。

彼は医学部に進み、医師になって、隣の市で開業医になっていて、彼らのところに時折訪ねて来ることがあったのです。そして笑いながら話し合っていたその頃のことを、良は聞いたことがあるのです。

宿舎にいた時、空襲警報だと言うことで、役に立たないだろうけれども薄い掛布団を二人でかぶって、部屋隅で小さくなっていたそうです。

「あの時お前は歌を歌いだしたな」「うん。『ラララ。赤花束車に積んで……』だった」と、言って川口さんは笑いました。「あれは国民歌謡って言うのだった。勇ましい軍歌『暁に祈る』なんて言うのを皆で歌っていたのに、なぜだったろうな。ハハハハハ」「機銃掃射の音がしていたね。あの時……」

笑いながらする彼らの思い出話は、いつもあの時代に繋がっていました。

敗戦後半年、混乱の中で、達也たちは卒業式なんか行われないまま、次の年三月に卒業したということになったのです。予科練から帰ってきた級友、戦死した同級生もいたそうですが、達也は昔から希望している山辺の山林事業の発展のために学ぶのだと、決めていた通りに農業大学にすすむことにしていました。

そして戦後すぐに行われた「学制改革」によって、中学校や高等女学校は高等学校になり、二年生だった絹代は横沢女子高等学校併設中学校という長い校名の学校の生徒になったのでした。学校は違いますが、絹代と同じ年の良です。教科書は墨塗り作業で真っ黒。今まで教えられた歴史は全部書き換えでした。そして漢字は当用漢字に、仮名遣いは新仮名遣いとなり、敵性語として、教えられなかった英語が必須の科目です。渦に巻き込まれたような当時。生徒たちだけでなく、先生たちはそれ以上にご苦労だっただろうと思われます。

敗戦から一年ほど経った頃、海軍兵学校に行っていた時に終戦を迎え、ヒロシマの原爆のあとを見てきたという達也の先輩が、良の高校でその経験を話して聞かせたことがありました。彼の話は「ノー・モア・ヒロシマ」という英語で始まりました。

良は初めて手にした英語の教科書に驚きました。日本語しか知らない良です。なんで「立つ」が「スタンドアップ」で「お早う」が「グッドモーニング」なのかさえ解りませんでしたから……笑い話です。日本語以外の言葉があるなんて不思議だったのですが、今になればおかしいくらいに無知だったのです。

当用漢字や新仮名遣いといった戦後に新しく決められた日本語表記は、長く良達を悩ませましたが、今となっては、そんな風に、いろいろな国語を学ばされてきたことがよかったとも思うのです。

賢い国語の先生は当時、墨を塗った教科書ではなく、『枕草子』『徒然草』『万葉集』『方丈記』などのガリ版刷りを渡し、暗記が主となっていました。それらは古典だから新仮名遣いや、当用漢字からは離れていたので問題はなかったのでしょう。おかげで、良達は旧仮名と新仮名の両方の国語を楽しむことができるようになりました。

良の二つ年上の姉は、ＡＢＣさえ「敵性語」として学ばせてもらえなかった時代でした。彼女はいつも「女学校では農作業を教わったようなもの。古着の仕立て直しに代用食などは工夫したものよ。お手の物だった」と笑って言ったけれども……。

疎開してきていた人々も帰りはじめ、無線技師であるために、あとの整理に少しとどめられていた絹代の父も、解放されて、幸いにして半焼して残っていた山辺の東京事務所に住めることになったので、絹代たちも帰京することになったのでした。

東京の農業大学で林学関係の勉強をすると決めた達也は、大学に提出するために高等学校を卒業したことの証明を出してもらわなければなりませんでした。戦後のことで、それも、旧制中学が廃止されて新制高等学校になっていたので、証明書を出してもらうのに時間がかかり、すべての手続きが終わったら、日の短い二月のことで、薄暗い夕暮れになっていたそうです。その日の列車に乗ろうとしたら、思いがけないことに絹代が走って乗ってきたのです。

「やぁ、どうしたの？」

「ちょっと、先生にクラスの文集をまとめるお手伝いをさせられて遅くなっちゃった。タッチャンと一緒になれてよかった」

「そうか？　ご苦労さん」

「ところで先日の進学適性検査はどうだったの？」

進学適性検査は、国立大学を受験する前に受験希望者に対して行われた基本的な学科試験でした。四年ほど行われて廃止。変遷して今日の共通一次試験につながったと思われます。

「まぁね。いいだろうと思うよ。それに俺は私立の農業大学を受験するから、どんな程度かためしに受験してみたようなものだから……。すごく成績がよかったら東大を受験してみようかな。ははははは」

「ふ〜ん、女子高では受ける人がホントに少なかったみたい」

「キッチャンはそのうち東京へ帰るって聞いていたけど、どうなった？　東京へ行ったら、俺は克二叔父さんのところに下宿して、そこで中学生の従弟達の勉強相手をすることになるんだってさ。できるかな」

「大丈夫よ。タッチャンなら……。東京でも逢えるといいわね」

「うん。そうだね」

「私は新学期から行けるようになるらしいわ。転校するのだから、区切りよくいろいろと手続きがあるの。編入試験があるんだって……」

「うん。そうだろうね。東京の方はきっと進んでいるよ」

「小学校からの友達が、同じ学校に入っているので、いろいろ知らせてよこしてくれているから、勉強の方は大丈夫みたい。私がこっちに来た頃は、こっちが随分遅れていたけど、今は東京の方がゴタゴタしているみたいよ」

「ふ～ん。キッチャンだったら大丈夫だろう」

「こないだは、日本脳炎が流行って、ドブの掃除をさせられたなんて、手紙貰ったわ。それに何だかDDTとかかけられて消毒かなにかをされているらしいわよ」

「こっちでもこの間、Y駅の前で、DDTをかけられている人を見た。東京から来た人に虱がいるんだそうだよ。いやだねぇ」

駅を出て家までの十分くらいの道。大寒の寒い夜です。この時期の六時半はもう真っ暗です。

降り積もった雪はキシキシと音がするくらいに凍っていましたが、雪は降っていないで、空は藍色に澄んで星がビックリするくらい大きく見えました。

北斗七星に今上ってきたばかりのオリオン座が藍色の空にくっきりと青く凍てついていました。

「北斗七星もカシオペアも見える」

「滑るよ」

と、言っている間に絹代は滑って転んでしまいました。

「そら、言っただろ。昼間は馬橇がものを運んでいるから、その跡が滑るんだ」

「わぁー。星が綺麗だ。空も藍色」

と、絹代は起きようとしないで転がったままで笑いました。

「ばかだなぁ」

達也の手につかまって立ち上がった絹代はマントについた凍った雪を、手袋を嵌めていない手でパタパタと叩きおとしました。手袋を嵌めていない手である。指先の雪を払い落として、はあはあと息を吐きかけています。

「手袋嵌めていないけど、どうしたの」

「汽車時間に遅れそうで忙しく出て来て、下駄箱に入れてきてしまったみたいなのよ」

と、言って立ち上がった絹代に、達也は手袋を片方貸してやりました。手袋を嵌めた手で鞄を持って、もう片方はポケットに入れてゆけば良い。二人はキンキンと凍った道を、転ばないように並んで、笑いながら歩きました。

「達っちゃんの手袋、おっきいな。でもありがとう」

郵便はがき

料金受取人払郵便

新宿局承認

2524

差出有効期間
2025年3月
31日まで
（切手不要）

1608791

141

東京都新宿区新宿1－10－1

（株）文芸社

愛読者カード係 行

ふりがな お名前		明治 大正 昭和 平成 年生 歳	
ふりがな ご住所	□□□-□□□□		性別 男・女
お電話 番 号	（書籍ご注文の際に必要です）	ご職業	
E-mail			
ご購読雑誌（複数可）		ご購読新聞 新聞	

最近読んでおもしろかった本や今後、とりあげてほしいテーマをお教えください。

ご自分の研究成果や経験、お考え等を出版してみたいというお気持ちはありますか。

ある　　ない　　内容・テーマ（　　　　　　　　）

現在完成した作品をお持ちですか。

ある　　ない　　ジャンル・原稿量（　　　　　　　　）

書　名				
お買上 書　店	都道 府県	市区 郡	書店名	書店
			ご購入日	年　　月　　日

本書をどこでお知りになりましたか？

1.書店店頭　2.知人にすすめられて　3.インターネット（サイト名　　　　　　　　）

4.DMハガキ　5.広告、記事を見て（新聞、雑誌名　　　　　　　　）

上の質問に関連して、ご購入の決め手となったのは？

1.タイトル　2.著者　3.内容　4.カバーデザイン　5.帯

その他ご自由にお書きください。

（　　　　　　　　　　　　　　　　）

本書についてのご意見、ご感想をお聞かせください。

①内容について

②カバー、タイトル、帯について

弊社Webサイトからもご意見、ご感想をお寄せいただけます。

協力ありがとうございました。

お寄せいただいたご意見、ご感想は新聞広告等で匿名にて使わせていただくことがあります。

お客様の個人情報は、小社からの連絡のみに使用します。社外に提供することは一切ありません。

書籍のご注文は、お近くの書店または、ブックサービス（0120-29-9625）、セブンネットショッピング（http://7net.omni7.jp/）にお申し込み下さい。

冬空は藍色なのだと言った絹代の言葉を、綺麗だなと納得して達也も星空を見上げました。

「寒いな」

「寒いわぁ」

「星が綺麗だね」

「ほんとに星の光は澄んでいるのね」

そんなことをポツポツと話しながら歩きました。

「じゃあな」

「じゃあね」

と、言って家の前で別れたのでした。キンキンと冷える夜のことでした。

第三章　絹代の帰京

絹代の父は内地勤務だったから、命の心配はなかったのですが、通信技師だったことで、戦後の事務処理があったのかは知りません。それに、住んでいた大井町の家のあたりは焼け残ったとは言っても、混沌としていて、なかなか落ち着かなかったので、上京できるようになった時には、絹代が高校二年の春になっていました。

絹代のお父さんが迎えに来て、みんなで本家である達也の家に挨拶に来ました。大人達は少しずつ落ち着きを取り戻しはじめたとはいっても、まだ戦後で、心配はありました。それでも、絹代には父母と兄と一緒に暮らすことができる幸せが戻ってきたのでした。

達也は問題なく大学に進学していて、総輔の弟で逓信省に勤めている克二家族と、空襲を逃れて残っていた山辺家の林業取引の事務所だったところに、克二の妻の美佐子と従弟の二人と一緒に住んで、大学に通うことができていたのです。当時としては本当に幸運でした。絹代が帰京する日、達也は春休みで帰宅していました。

お米や野菜や卵やその他、大きな荷物を持って駅に向かう絹代達を、皆が門先で見送りました。達也が絹代に餞別だよと言って渡したのは、女の子が喜ぶような表紙のつけられた新しいノートでした。

達也は中原中也の詩をそのノートの最初の頁に丁寧に書いておいたのでした。お別れだからです。

日向ぼっこをしながらに、
爪摘《つめ》んだ時のことも思ひ出します、
みんな、みんな、思ひ出します

芝庭のことも、思ひ出します
薄い陽の、物音のない昼下り
あの日、栗を食べたことも、思ひ出します

干された飯櫃《おひつ》がよく乾き
裏山に、烏が呑気に啼いてゐた
あゝ、あのときのこと、あのときのこと……

僕はなんでも思ひ出します
僕はなんでも思ひ出します
でも、わけて思ひ出すことは
わけても思ひ出すことは……
——いいえ、もうもう云へません
決して、それは、云はないでせう

中原中也の詩「別離」……。
この詩は当時、雑誌「文学界」で注目されていた中原中也の詩でした。達也の通ってい
た横沢高校の国語の佐賀先生が、達也の叔父の克二と中学の同期でとても親しかったとか
で、その頃の話を達也にしてくれていたのです。佐賀先生は小学校時代に脚を骨折してい

て、徴兵で不適格となり、教師をしていました。「お前の叔父さんも詩が好きだった」と言って「これは推薦だ」と、言ってくれた古い詩集の中にあった詩です。

この中原中也の詩集を達也にくれた佐賀先生が、高校の教師を辞めて東京へ行ったのは、レッドパージが行われた時でした。佐賀先生はレッドパージされたわけではなかったのですが、「もう一度腰を落ち着けて文学を勉強しようと思う。これからは文学を学んでも、柔弱だなどと言われることはないだろうから」と笑った静かな先生だったそうです。佐賀先生のその後の安否は知ることがありません。

達也は絹代にノートを渡すと駅に見送りに行かずに、全速力で高松山の大将樅の平まで行って、遠くを過ぎていく絹代の乗った列車を見送ったということです。

戦争で荒廃した都市の復興のために、また、山辺家の山に育った杉たちは、大量に伐り出され建築の材となさねばなりません。そして杉を伐り出した山は伐根を整理して次の植林をしなければならないのでした。総輔はその山を裸にしておくわけにはいかないので、自家の山のための杉の苗圃をつくったりすることを指導し、役所への届け出などもしなければならなくて、休む暇のない日々をすごしていた父の姿を達也は尊敬していたと、いつも良に言ったものでした。その父もまた祖先を尊敬し、わが家の緑の杉を愛し、育てて過ごしてきたのだろうと、良に言ったのでした。良もまたその思いを受けついでいるらしい達也の営林の想いを尊いものと思って過ごして来ているのです。

＊　＊　＊

達也や良が東京で学生生活をしていた頃の列車は混雑していました。それも食糧難の東京へ行く列車には闇米を運ぶ所謂闇屋が跋扈《ばっこ》していて、田舎からは配給以外の米を運び入れることは禁止されていました。東北からその当時の終着駅上野駅では警察官による闇米の一斉手入れ摘発が行われていました。食糧統制下の戦後は配給米だけでは足りず、都会の人々は農家で闇米を手に入れてしのいでいたのです。その中に組織的な闇米運び屋を乗せた「闇米列車」まであり、取り締まる側とのいたちごっこが繰り返されていました。

達也が上京した列車でも、量的に自分用としてのものは、没収はされなかったのですが、組織的な運び屋は乗客の座席の下にぐいぐいと米袋を押し込んで隠し、赤羽の駅頭で待っている闇屋仲間に、大騒動のようにして窓から渡すというような打ち合わせをしているようでした。またその行動を仕切ってまとめているような親分がいて、睨みを利かせている有様でした。闇米の摘発よりもこの闇屋の親分のような人が怖ろしかったような気がしたものでした。同じような時期に良も東京の家政学院に入学していたから、同じような経験をしていたのです。

昭和二十六年、闇米の大規模な摘発のあったこの時期、達也は学制改革の時に中学校で一緒だった木村君という同級生が、この闇米を運ぶ親分のようなことをしていたのに出くわしたそうです。思いがけない出会いに、「あ、木村じゃないか」と声をかけたら、ちらっと達也の顔を見て、笑いもせずにさっさと隣の客車に移動していってしまったと言いました。戦前から戦中を共に過ごしたことを思い出して、懐かしいと声をかけたのだそうですが、中学校では仲良くしていた木村君は無言でした。木村君のお父さんが戦死したところまでは知っていましたが、その後の消息は誰からも聞かなかったと言いました。

敗戦のあと、農地解放の後でしたから、山辺の家はもう小作人を使っている地主ではなかったのですが、周りの人々はすごく山辺の家を大事にしてくれました。大地主だった時に、小作の人々を大事にしていて、搾取地主ではなかったからだろうと思うのは、依怙贔屓かもしれませんが……。山辺の家が小作させていた人々は、ほとんどが山林の仕事に関わる人達でもあったということもあるらしいです。あの時の財産税の対象になった田地もかなりあっただろうと想像しますが、詳しいことはわかりません。

山辺家に出入りする人々に、良は「あねさん」と呼ばれ、達也は「あんつぁ」と呼ばれていました。達也の父の総輔は「だんなさん」、母のキサは「おがさん」。これは少しだけ親しみをこめた敬語です。


達也が「偉いな」と言って送り出したというあの満蒙《まんもう》開拓団の団員と結婚したアヤさんが帰国したと報されたのは、敗戦から六年後の夏だったそうです。良たちはまだ結婚していませんでした。

お姑さんが、アヤさんを抱きしめて「ああ。ああ」と泣いたそうです。本当に泣くしかなかったでしょう。アヤさんの夫は頬骨が尖って見えるほどに痩せていたそうですが、「大丈夫です。帰ってくることができました」と言い、夏休みで帰省していた達也に、「大変だったけれど帰って来ることができたんすよ」と言ったそうです。

そのあと、アヤさんは昔と違って手伝いがいなくなった山辺の家にいつも手伝いに来てくれていました。そのあとも長くこの家で手伝いをして過ごした人なので、すべて手順よく、気働きのきくアヤさんでした。達也の母のキサとも、義弟の克二さんと義妹の美佐子さんとも昔のように、明るく付き合っていました。良が結婚した時には、キサお姑さんの手伝いをしてくれて本当に気持ちよく過ごさせてくれました。その後、良が達也の赴任先の青森に発つ時も、「大丈夫ですよ」と言ってくれて、本当に助かりました。青森に行くまで、この家の仕来りについていろいろと話してくれました。この家から車で通勤できる秋田市に達也が役職をもって転勤してくるまで、良が赴任について、移動して歩いた十年余りの間も毎日のように山辺の家へ顔を出してくれていて、義弟や義妹の結婚などにも悉《しっ》皆《かい》手伝ってくれ、その間に亡くなったお舅さん、お姑さんの最期の時も力になってくれて、本当に有り難かったです。

第四章　あの詩集

　達也は順調な学生生活を過ごして、四年目の秋になりました。達也が家に帰ってくると、美佐子叔母さんが言ったのです。

「舞茸《まいたけ》が送られてきたよ。あの裏庭の奥の、楢の木の下から採ったって……。今日は舞茸御飯にするから楽しみにしていてね」

「へー。今年は出たのか。お祖母さんがいつも僕達に入っちゃ駄目だよって言っていたところに出るんだよ。休んで出ない時もあったけど……。あれは杣衆の源蔵爺が土と一緒に山から採ってきて置いたところに出てくるんだそうだけど、今年は出たらしいね。よかった。あの傍の赤松の下にマツタケが出たこともあったけれど、今は駄目みたいだ。難しいね、茸達《きのこ》は……。美味しく炊いてね」

「達也君は知っているでしょう。河野の絹代ちゃん。とっても具合が悪くて清瀬の療養所に入っているって、あんたのお母さんが書いてよこしたので、ビックリした。それで、絹代ちゃんのお母さんに電話したら、泣いていたわよ」

「エッ。本当ですか。疎開していた時は、いつも一緒にいて、東京に出たらきっと逢おうねと約束していたんだ。けれど、その後連絡もくれないから、俺のことなんか問題外で、忘れて楽しんでいるんだろうと残念に思っていたんだ。ときどきどうしているかな、逢いたいなと思っていたんだけれど、連絡すればよかった。ああ、そんな病気だったのか」

達也は愕然として、あとは声が出ませんでした。

「肺病だっていうこと、隠している人が多いのよ。私も今日あんたのお母さんから聞いたばかりなのよ。それで、絹代ちゃんのお母さんに電話したのよ。肺病で清瀬の療養所に入ったというと、かなりよくないんじゃないかしら。絹代ちゃん小学校の時、肺門リンパ腺炎とかいう病気で長く学校を休んだことがあるんですって？」

「うん、そんなこともあった。都会っこは弱いねなんて言われて……」

「上京してきて一年半くらいで、肺結核だって言われたんだそうよ。それもかなり進行していたって……。肺門リンパ腺炎っていうのはほとんどが子供の結核の初感染がきっかけなんだそうよ。結核性でも症状の出ない程度で終わることもあるんだって。みんなに弱い子だなんて言われて軽快してすごしてしまうこともあるんだってよ。それが、東京へきてから、この悪い空気の中で潜んでいた結核菌が動き出して発病したんだとか……。皆が弱い子だくらいに思っていたんじゃなかったのかしらね」

それから克二叔父さんも帰ってきて舞茸御飯は美味しく食べたけれど、達也の心は重いままでした。

達也は疎開から帰って上京する時に、絹代ちゃんにあの中原中也の詩を書いた手帖を一冊渡しただけで、その後のことも何も知らないでいました。きっと元気で楽しんでいるんだろうなと思っていました。

あの頃の達也のほんのりとした感情は上京して、気の置けない叔父さん達夫婦と従弟達、沢山の新しい友達とのいろいろな経験を重ねて、すっかり忘れてしまっていました。東京で逢えるといいねなどと言ったのに、あれから一度も逢っていなかった。というよりも忘れてしまっていたような気がしました。あの頃の恋ともいえない思いがふと蘇って来たのは不思議な感じでした。

達也は大学四年生。一応卒業論文のようなものを提出しなければなりません。論文の参考資料を探していたら、教室の先輩講師に造林の歴史を調べるのだったらついておいでと言われて、当時開かれていたＣＩＥ図書館に行きました。大学の図書館は充実というにはほど遠く、新しい論文などはこのＣＩＥ図書館を通して探すしかありませんでした。

　この図書館はＧＨＱ（連合国軍総司令部）の民間情報教育局が設置した図書館で、独立した建物ではなかったのですが、新しい情報を探すにはここを利用するしかありませんでした。ここの利用者は学生が大半で、理工系雑誌、医学、土木、電気、自動車、無線、テレビ関係の新聞が多く読まれているという話でした。欧米の最新の科学技術論文なども載せられたジャーナルも見ることができました。当時、日本の大学図書館には戦前の文献しかなかったし、新しい論文雑誌を取り寄せるのにも時間がかかるとかで、若い研究者達はこのＣＩＥ図書館で学術ジャーナル誌を読んだのでした。学生や研究者に限らず、ファッションや映画関係の鮮やかな写真が掲載された雑誌があったりして女性達にも人気がありました。当時は海賊版の書籍が横行していました。学生たちは専ら海賊版の文献を貸し借りしあったものでした。

　外国の森林関係の学術誌を調べるのが目的だった達也は、ここで初めて外国の森林の在り方を知ったのでした。秋田の田舎の、それも杉しか知らない達也にとっては外国の森林は、スケールが大きくて全く別世界でとても参考にできないと知って、愕然としたのは仕方がありません。当時、海外留学を考えているといった先輩はまぶしい存在でした。当時は考えられないほどの円安で、留学などはフルブライトなどの奨学生以外では考えられない時代でした。達也は絹代のお父さんに「世界のことを知らなければ駄目だよ」と言われたことを思い出して、考えさせられたのでした。

昭和二十三年六月から、戦後に臨時の国会図書館として赤坂離宮を使って開館されている国会図書館に達也は行きはじめました。赤坂離宮は、四谷駅で降りると、近くに上智大学のキャンパスがあって、学生達が何かスポーツをしているのが見えるようなところを通って行くのでした。四谷は高いビルもなく、人通りも少ない静かな街でオキュパイド・ジャパンでした。離宮の装飾された鉄の門扉には門衛なんかはいませんでした。ガランと開かれていて宮殿前の砂利を敷いた前庭の広場を、学生の達也が歩いて行っても誰も気付く人がいなかったのです。正面の開かれている大きな玄関らしいところから、何の遠慮もなく入ると、広い前庭を真っ直ぐに歩いて、開かれている大きな玄関を真っ直ぐに入りました。

達也は赤坂離宮という天皇家の建物に、身分証明書も見せず、気負いもせず当たり前に普通の建物に入るような気分で、国会図書館の利用者として入ったのでした。当時、利用者もあまり多くなかったと思い出されます。玄関もあまり明るい照明はされておらず、真っ直ぐに案内に従って受付に行き、卒業論文に必要と思われる林業関係の文書雑誌のナンバーを書いて渡すと、探し出してきてくれたと思い出します。壁面も天井も窓ガラスも装飾されていた大きな部屋に事務机が並べられていて、そこが閲覧室でした。

「その頃は興味がなくて、よく見てこなかったのが惜しまれる」と、達也は良に今になって何度も言うのです。

三日間通って、必要な英語の論文の一部と図表を書き抜いて過ごし、終わると、午後一時過ぎ、コッペパンを買ってかじって神保町の古書店街に足を延ばしました。

神保町は何度か友達と一緒に回りましたが、その日は一人なのでいつもと違う文学関係に古本の棚を見て歩きました。欲しい古本を探すとか買うとかいう強い目的をもって歩いたのではないけれど、面白い。新刊の本もあるけれど、意外にまだ新しくとも古本として安値になっていることもあり、学生達が多い町です。高校時代に手にしたことのある文学全集なども懐かしい。その頃流行の映画の雑誌まで、ごちゃごちゃと並んでいる中に、なんと高校の時に先生にもらった「中原中也」の詩集があったのです。店の本棚から、取り出してみると、誰かが読んだ一冊だろうけれど、まだ新しく汚れてもいない一冊でした。開いてみると、あの時絹代ちゃんに丁寧に書いて渡してやったあの「別離」の詩が目に入りました。達也は急に絹代に逢いたくなったのです。そうだ。この詩集を持って見舞いに行こうと思いついたのでした。東京へ行ったらまた逢おうねと言ったのに、一度も連絡さえしていなかったのですから。

＊　＊　＊

結核は二十世紀初頭から第二次大戦頃まで国民の多くがかかり、人口が減ったり、生産力が下がったりするなどの大きな影響を及ぼす病気で国民病と言われていたおぞましい病気でした。当時は効果のある薬剤がなかったのです。戦争後の食糧も満足にとれない生活で体力のなくなっている身体は抵抗力もなく、その蔓延を助長したのです。結核病棟が彼方此方に造られ、結核予防法が施行され、隔離など政府も努力したのですが、結核にかかるとすぐに結核療養所で隔離されるほどに嫌悪され怖れられていたのでした。結核菌は「抗酸菌」です。肺結核の治療は抗結核薬が発見される前は、大気安静療法といって栄養のある食物をとって安静にするしか治療方法がなかったのです。病者を隔離してサナトリウムで療養させることがその治療のメインだった時代です。

戦争、敗戦、物不足などを経て、一九二八年にペニシリンの発見から始まった、所謂抗生物質と言われるものが、手術の際の細菌感染の危険を画期的に少なくすることができるようになって、昭和二十年代には、肺の患部を切除するという外科手術療法が盛んに行われたのです。しかしそのような手術がすべてに適応したわけではありません。当時は結核患者が出ると、結核予防法という法律に従って、すべての患者が登録させられ、隔離され、経過を厳しく管理されるということになっていました。栄養不足で、皆が抵抗力をなくしてましたから仕方のないことだったでしょう。

昭和三十年代の終わり頃になって、ストレプトマイシン、パス（パラアミノサルチルサン）、ヒドラジッドの三薬併用が、抗酸菌である結核菌に効果を発揮することがわかり、外科手術なども行われることがほとんどなくなりました。と、言っても絹代の場合は、若いうえに、もうすっかり進行してしまって、それに、体力もなかったのですから、もう回復の見込みはなかったのだと思われます。

第五章　武蔵野の雑木林

　達也は次の日曜日の午後、「清瀬へ行ってみるよ」と叔母さんに言って出掛けました。病院のある場所は、叔母さんから聞きました。

　西武池袋線の清瀬は、武蔵野の雰囲気が残っていて、視野を遮る山はなく、東京へ来てから達也の体験したことのないようなところでした。生まれ育った故郷の町は歩けば必ず山にあたりました。東京は歩いても山にはあたらず、いろいろな建物に視野が奪われます。しかしここ武蔵野まで来ると、ここが東京なのかと思うほどの景色になりました、茫洋と目の限りが平らな野原、田畑。そしてそれを区切るように黄葉しはじめた雑木林がありました。

　穏やかな昔風の家々がそこここにゆったりと離ればなれに建っていて、家の脇に自転車がたてかけてあるところも秋田の暮らしに似ています。達也は歩くことが好きだから、ゆっくりとそんな野の中の小道をたどりました。周辺はまだ開発されていない野原、畑などが続いています。

大きなその病院はすぐに解りました。門の傍には松の木があり、病院、病棟の裏には雑木林があります。広々とした院内でした。秋に入りかけた雑木々は様々に色づいて「いいなぁ」と達也は呟いて門をくぐり、受付に向かいました。どこでも同じように病院の匂い、クレゾールの匂いがするなと思いました。日曜日だからだろうか、病院の玄関に入ると何人か家族らしい人が待合室にいました。クレゾールの匂いがします。受付窓口に行き面会の申し込みをすると、しばらくお待ちくださいと言われて待っていて、広い窓の外を見ると、暖かい日差しの中に座って、何か楽しそうに話し合っている人達もいました。絹代ちゃんも出て来たらこうして笑って話をすることができるかもしれないというような思いで待っていると、病棟の方と思える奥の方から看護婦が少し急ぎ足で達也のところにやってきました。

「山辺達也さんですか。お気の毒ですけれど、今日は絹代さんへのご面会はご遠慮願います。ここ何日か熱が高くて、安静にしているのです。今は落ち着いて眠っていますので、今日はできるだけ安静にしておかなければならないのです」

全く想像していなかった重篤な病状なのだということを聞かされて、達也は声が出ませんでした。

「お母さんが夕方から付き添いに来ることになっていますから、お見舞いにいらっしゃったことをお伝えしておきますね」

「すみません。僕が来たことをあとで知らせておいてください。元気がつくかもしれない……。そしてこの本。渡してやってください」

居たたまれない思いで、看護婦に礼を言ったかどうか、もう夢中で病院から出ました。門の前で振り返ると、軽快した患者でしょうか。達也に手を振って笑っていました。

達也は雑木林の中の小道をゆっくりと歩きました。栗鼠でしょうか、小道を横切って走り去ったりして、団栗が落ちていました。クヌギの木の下に色づいた落ち葉が溜まっていました。

小さな公園のようなところにベンチがあったので、散りかかっていた落ち葉を払って座りました。

キャッチボールをしている男の子、縄跳びを始める女の子などが集まってきました。ボンヤリと座っている足許に転がってきたボールを投げ返してやると「サンキュー」と明るい大声。達也はあの大将樅の平で遊んだ日の腕白仲間を思い出していました。あの頃から、当然のように絹代は達也の心の中にあったようです。不思議な感じでした。

こんなに長く逢うこともしていなかったと今気が付いた達也でした。しかし、達也の心の奥に当たり前のようにいた絹代でした。いつでもあの頃のままで逢えると思っていた絹代が、いま逢おうと思って来てみたら逢うことができなくなっていた。その現実を現実として受け止めねばならない残酷。武蔵野の空には初秋の薄雲がかかっていました。逢うこともしていないのに、心の中では全く遠くなっていない関係だと勝手に思っていたのだと気が付いたのでした。絹代の目前に死が近づいているということを突きつけられると、自分の心の中にいつも絹代が心に住み着いていたんだと気が付いたのは不思議でした。

あの凍てついた冬のゴッホの「星降る夜」の絵の中に立っていた二人と同じように口に出さなくとも大丈夫なくらい、いつでも解り合えると思っていたのかも……。農学部、それも林業経営をテーマにしている田舎者だから、大学時代でも付き合う気持ちになる女性がいなかった。それは絹代が達也の心に密かに住んでいたからだったのではなかったかと、思ったりしました。達也は何となくそう自分に問いかけて、しばらくキャッチボールをする子供たちを見て座っていました。

夕かげってきた日差しが染めている武蔵野の雑木林を見ながら、帰ることにしました。

「叔母さん、絹代ちゃんはもう駄目みたい。逢わせてもらえなかった」

「そうだったのね。疎開から帰って来た時、とても美人な女の子だった。色が白くて、笑窪がでて……。わが家の系統にこんな美人がいるなんてと、あとでお父さんと話したくらい……」

「ウン。そうだよね。明るくて良い子だったよ。東京へ来てからどうして俺は連絡しなかったか後悔している。逢おうねって約束したのに……」

達也は自分の部屋に戻って、「もうどうにもならないんだ。もう寝る」と自分に言い聞かせて、布団を頭からかぶって寝ました。蟋蟀だろうか。外では秋の虫が鳴いていた。

＊　＊　＊

一週間ほどして、絹代が亡くなったことを知りました。達也は行きませんでしたが、お悔やみに行った叔母さんが眼を真っ赤にして帰って来ました。

「タッチャン。あんた、病院に行ってあげてよかったね。叔母さんが言っていたわよ」と言いました。

「ウン」と応えた達也に、叔母さんが袱紗に包んだ本を渡しました。

「これ、タッチャンに渡してくれって言われたのよ。消毒してあるから大丈夫だなんて言ってね」

それはあの時、看護婦に渡してくれと頼んだ中原中也の詩集でした。

「ああ。これは俺が逢えなかったあの時、看護婦さんに渡してくれるよう頼んできた詩集」

部屋に帰って開いてみると最初の頁に鉛筆で、書いてありました。

「タッチャン。アリガトウ」

弱々しい字でした。力を振り絞って書いたのでしょうか。おそらく4Bくらいの、筆圧の要らない柔らかい鉛筆で書いたような弱々しい字でした。

最期にこの詩集を手に取って見てくれたのだということがわかって、切ないけれども達也はよかったと思いました。そして「アリガトウ」とあるのが切なかった。

あの夜のような星は全く見えない暗い夜なのに、あの輝く星が見えるような気がしました。

詩集を机に置いて達也は眼を瞑りました。

第六章　達也と定雄、今は昔

良のところに話をしにくる定雄は、裏門から出るとすぐにある堤の傍の家に住んでいます。毎日のように家の畑で育てた野菜を持ってきてくれます。昔、林業が盛んだった頃に山辺家の山林のすべてを管理させていた杣夫頭の庄蔵の孫で、達也と同じ年齢。良達が結婚したあとも切れない仲間だということは相変わらずです。

定雄の父である源蔵も杣夫。永年、山辺の薪炭林の傍で炭を焼いていて、偏屈な山好き男でした。あの大将樅を伐採した人です。定雄はその長男。下には弟と妹がいますが、彼等は町に出て郵便局員になったり、栄養士になったりしてそれぞれ仕事をして暮らしています。定雄は頭が悪いとかいうのではなく、むしろ、物知りの中の物知りなのですが、偏屈というのでしょうか。戦後、学制改革でできたばかりの横沢高等高校付属の定時制高校を卒業して営林署に一応定年まで勤めたのです。異動したり転勤したりすればそれなりの出世もしたのでしょうが、自分が植えて育てた山を見てやるという我が儘を通して地元に居座ることを選んで過ごしてしまいました。山辺の農地解放の時や、高松山の開放の時にも、いろいろと役立つことを助言してくれて、本当に山辺家の家族同然で面白い男です。

同年代の仲間が町に仕事を持って移ってしまったのだけれど、定雄は今も昔のように山辺の山を見て回ったりしてくれているのです。達也のことは「タッツ」と、子供の頃からの呼び名で呼ぶ関係。達也もまた「サダ」と呼ぶので、良も「サダさん」と彼を呼ぶのです。良が嫁に来た時もあれこれ世話を焼いてくれました。定と達也は切っても切れない仲間で、二人はいつも炭焼き小屋に遊びに行き、源蔵から山のこと、奥山の羚羊《かもしか》、狸《たぬき》や狢《むじな》などのこと、梟《ふくろう》の肉を食べたら夜、眼が冴えて眠れなかったとかいういい加減な面白い話を聞かせて貰ったそうです。羚羊の皮でできた半纏《はんてん》のような上着を着て山歩きをしていた若い頃の姿を想像させられます。

源蔵は鉄砲の名手だったそうです、熊を何頭撃ったか忘れたと言い、熊の胆をきれいに採る名人でもありました。熊にも性格があって、優しい熊もいると言っていたそうです。熊に襲われたという肩の傷跡を見せてくれて、大きな声で笑う剛毅な山男だったそうです。炭焼きの名人でもあり、最後まで炭焼きをして過ごしたと言います。これは達也が良に話して聞かせたことです。

源蔵は炭焼きと山辺の杣の仕事で一生を終わりましたが、大将樅を切り倒した時のこと、あの樅の梢から自分達の村（今は町）を見下ろしたのは俺だけだぞと、いつも自慢していたそうです

鉄砲打ちの免許があるけれど、やめたという定雄でしたが、いつでも使えるように手入れをした鉄砲が部屋の壁に掛けてあるのです。熊が出たとかいうと、猟友会の一員として出て行くのですが、息子達に心配かけられないからおとなしくしているのだと言って笑います。


季節が来ればワラビを採り、たらの芽、牛尾菜《しおで》などを採り、ゼンマイを採り、様々な食べられる特別な山菜を採ってくるのです。ネマガリダケの季節もありますし、山ウドは本当に山ウドだと笑って言います。確かに定雄の採ってきた山菜は格別で、時折分けてもらうとよく解ります。それをO市の料理店に注文を受けておろしているそうです。良い山菜の在りどころ、季節を知り尽くしているから、定雄は皆に重宝されているのです。

そして定雄は町で一番の茸博士です。彼の茸についての蘊蓄《うんちく》。このあたりの山に出る茸だけですが、本当に驚くほどの知識があります。山辺の家のいい山案内。山辺の山、山林、

杉林のことなら、今でも何でも知っていると言って笑う定雄です。今は営林署の専門職が時々図面を採って山林を回ってみてくれて、営林計画をたてて山の姿を管理してくれて助かっているのですが、山の季節は俺だけが知っているのだと、今でも嘯《うそぶ》きながらも、現代の便利は利用しなければと言ってスマートフォンを使っています。

定雄の息子は隣町に家を持って、小学校の教頭をしています。息子の進学などの相談はタッツがしてくれたんだと言っています。息子の妻は市立病院の管理栄養士だそうです。孫達は高校生。今では定雄の自由な山歩きは趣味のような感じです。ババァと二人だから、年金も余るよといつも言います。町で息子達と同居しても問題ないのですが、戦後の土地解放の時、山辺から払い出してもらった田圃を大事にして、自分の家の米は自分で作るのが一番だと言うへそ曲がりでもあります。妻のミツも山国生まれで、口げんかをしながらも楽しんで暮らしているようです。自然の山で育って過ごし、山から離れられないでいる定雄の気持ちが解らないでもありません。良にとっては町のニュースやら、ゴシップやらを聞かせてくれるありがたい存在でもあります。あの大将樅の伐採の時に、達也と一緒に見に行ったことが一番の思い出みたいです。昔の子供達は自然が友達だった。定雄はまだ子供なのかな、などと言って達也は笑いますけれど……。

高松山の後ろの、山辺の造林した杉山との間には、薪炭林があります。雑木林と簡単に言っていますが、昔は何年かごとにここの木を伐って炭を焼くので、薪炭林と言っていたのです。今では炭を使う人がなくなってしまって、かなりの雑木がそのまま育って大木になっています。コナラ・クヌギ・ヤマグリ・カシワ・ホオノキ・やまぼうし、もみじ松などなど、沢山の枝を差し交わしています。それに這いのぼる藤、葛や山芋の蔓が絡み合っていて……。雑木は沢山の実を落としますから季節には鳥の声で賑わいます。夕方になると梟が時をつげて……。ウグイスや郭公、椋鳥、ミソサザイ、山鳩、その他に渡りの小鳥達の鳴き交わす時期は楽しい山です。この頃、鳥がその中に入り込んできたようです。渡りの小鳥達も営巣するし、栗鼠やムササビ、羚羊に狐、狸なども。それに奥に入ると月の輪熊もいるのです。

雑木山が今どうなっているかを知らないのは源蔵にとっては幸せだったと思います。源蔵の目にはきっと、今の定雄と同じように源蔵だけにしか見られなかった世界があったことでしょう。炭焼きが要らなくなって、あの山の小さな炭焼き小屋なんか跡形もなくなっているなんてことは知らないのですから。薪炭林だったところの雑木たちもすっかり大きくなって茂り合う雑木林。その落ち葉が積もっていい具合な湿り気になりますから茸の王国。山栗は甘い実（小さいですが甘味が強い）を落とし、団栗やいろいろな木の実は栗鼠や小鳥を呼び寄せます。羚羊も狐も狸もムササビもすみついて……それに秋の紅葉は素敵です。

紅葉と一緒に茸の季節がやってくると、定雄は益々元気が湧いてくるのです。この日はまだその季節ではないけれど、定雄はハツタケを持ってきてくれました。ハツタケは名前の通り初茸です。松の木の下、松葉が散りしいているところできれいな地面から出てくるので、カサは乾いた枯れ松葉色、カサの下のひだにはモダンな緑の模様をつけています。初物だからって喜ばれるんだよ。出汁がいいので、醤油で少し煮てから白い飯にさっと混ぜるだけでいいとは定雄の言葉。醤油でさっと煮て大根おろしが常識だそうです。

定雄のハツタケの自慢は、なんと松尾芭蕉や小林一茶のことを話題にすることで始まります。松尾芭蕉の「初茸やまだ日数経ぬ秋の露」や小林一茶の「初茸の無疵に出るや袂から」などの俳句にも登場しているとのこと！　すごいんだからと、言います。これは毎年のようにハツタケが好きだったタッツのオヤジさんに聞かせられたんだから忘れられない。この茸に雨は困るよ。裏の緑のひだひだかざりがダメになるとは定雄の言葉です。

里山の薪炭林だったところにはまだ多くの切り株の跡が残っています。炭にするために

十四、五年ごとに切り倒されて残った根株から新しい芽が出て育ってくるという自然の循環がなくなりましたから、切り株が古くなって土と被さってくる落ち葉が今では雑木林の下土になり、茸のベッドになっています。

定雄の思い出話の中に、高松山の昔話が出てくるのは当然のことですが、山辺の山だったこの大将縱の平のあたりまでの一帯を町に寄付して、みんなの公園のようにすると決めたのは舅の総輔で、あの時だったと、良は思い出します。達也が青森管区に二度目の単身赴任していたあの頃です。総輔に、「大将縱の平」まで一緒に行こうと言われて、昼寝している子供たちを、姑に預けて行ったあの日はいい天気でした。もう喜寿に近かった総輔とゆっくり登って行った時、定雄がやってきて、あの平のところで、縛ってあった柴を重ねて，総輔を座らせてくれたのだったと思い出します。じっと座って麓のあの桜のある平のあたりを眺めて、「ここを儂《わし》の生きた記念にすることにする」「あの高松山のあたりを町に寄付することにする」と言ったのです。あとの手続きは達也がするようにしてくれと言いつけ、それでこのあたりが町の公園になったのでした。

定雄はいつも笑いながら、悪ガキだった頃の話を良に聞かせてくれるのです。

絹代が疎開していた頃、東京から来た子が珍しいこともあって、このあたりの悪ガキ（定雄がそう言いました）の茂（農協に勤めていたが、もう隠居して、今は町の老人会の世話役）や充（東京へ行ってこの頃音沙汰無しになった。惚けているかもしれないな）などがついて回ったそうです。同級生の女の子が、田舎を知らない絹代とお手玉やおはじきをしたり、草摘みに連れて行ったりしたそうですが、一番一緒に歩いたのはやっぱり達也だった、当然だよなと、聞かせてくれました。

「茂や充は絹代さんが珍しくて俺達についてきたんだが、女の子の方は弟や妹の面倒を見させられて、小さい子をおんぶさせられたりしていたから、奥の方にはついてこなかった。あの頃は子供がいっぱいいいた」

「あの高松山の陰の雑木山はいろんな茸があって、それに山栗が落ちてきたし、通草《あけび》のぶら下がっている藪や、黄色や赤黒い木苺、零余子《むかご》なんかがからみあってさ。山ぶどうも、蔓だからね。ゴチャゴチャ……。そうだ。今度採って来てあげるよ。今は昔よりも手頃なところに育っているから……」

「茸も俺達は見かけじゃなくて食える茸を採るのだけれど、きれいなカサ模様・カラハツタケだとかサクラタケだとかピンクのカサの茸を見ると、ついて来た絹代さんはきれいだからと言って大切に採ったんだ。アハハハ」

「絹代ちゃんには通草や、山芋の蔓の零余子なんかもいちいち教えてやらないと何にも解らないんだから、連れて行ったのが邪魔みたいなもんだったが、きれいな東京の女の子を連れて歩くのって楽しかったよ。意地っ張りらしくて頑張ってついて来た。あとで、絹代ちゃんが採った茸の籠をガバ～ッとひっくり返して、食えない茸をみんな棄ててしまうタッツをうらめしそうに見ていたよ。アハハハ。あの顔は忘れられないなぁ。俺達みんな初恋をしたさぁ。美人だったよ。タッツもきっと……」

と言って、定雄は良の顔を見て笑いました。

奥の部屋から達也が忙しそうに出て来て、

「天眼鏡はどこ」

と言います。

「今朝新聞を読んでいたから、またその下にでもあるんじゃないのかしら……」

「あ。あった。あった。お客に呼ばれて立って、茶簞笥の上にヒョイと置いたままにしてしまったの」

良と達也のやりとりを定雄は笑って言います。

「タッツも老眼鏡なしでは駄目だな。ご老人！　ハハハ」

「サダもこの間、眼鏡探ししていることをかくして、ミチに笑われていた」

「お互い様だな。言うな！」

「お茶を替えてあげてくれ。まだ少し時間がかかりそうだ。蕎麦でもいいからお昼を支度してあげねばならないぞ」

「はい、今定さんからハツタケを貰ったから、小鉢にでもして差し上げましょ。珍しいから……」

「定、また何を話したんだ。余計なことを喋るなよ」

「余計なことなんかないよ、俺には。ハハハハ」

と、定雄は立って伸びをしました。

「今日は森林組合の人が来て、朝の間に山辺の山林の伐採だとかなんとか言われて図面を見せられているんだよ。今日は伸也が盛岡に出張で、ここへは来られないって言っていたので、大事なことを任されたみたいで、大変だ」

と言って達也はまた奥に入っていきました。

「昔はいつも、このあたりにいる友達とキノコ採りに山に入ったもんだが、今では奥に入らないとあまりいいのが出なくなった」

良は「ミチさんに」と言って、森林組合の人から手土産に貰った栗饅頭を三つ、紙に包んで定雄に渡しました。

縁側に腰掛けて、一服つけた定雄は、ぼそっと、

「空気の悪い東京に行かないでここにいれば、絹代ちゃんも肺病になんかならなかったと思うんだがな」

と、呟いて立ち上がりました。いつも元気な話ばかりしている定雄でも後ろ姿はやっぱり老人の姿になって見えました。

森林は木材を生産するだけではなく、水資源をはぐくみ、二酸化炭素を吸収・固定するなど、生活に関わりの深い様々な機能を有しているのですから……。林業試験所に勤務している良の息子の伸也の言ったことの受け売りですけれど、東京の森林面積は私有林も含めて総面積の四割近くなのだそうです。

伸也も良たちが勧めたわけではありませんが、農学部の林学科を卒業して、今、農林省に勤めているのですが、良も達也も伸也が何をやっているのかなんかはちっとも解りません。

達也は、自分たちはもうすっかり時代遅れで新しいことにはついていけなくなったと言

っています。例えば今では、花粉の少ない杉が植えられるようになったなどと言われても、そんな杉が遺伝子操作でできているのだなんて言う伸也の話に驚くばかりなのです。時代はすっかり変わりました。でも山辺家が林業を大事に続けていることに誇りを持っているのです。

良達が、この古い大きい昔の家に帰って来て暮らしはじめてからは、広い庭に昔からの庭石などそのままにはしてあっても、庭園のような手入れはもうやめにしました。昔からの牡丹《ぼたん》の木や、一位《いちい》の木や、満天星《どうだん》の垣根、百日紅《さるすべり》など、勝手に新緑を見せ、紅葉を見せてくれるようになって楽しませてくれます。総輔お舅さんが見たら、嘆くかもしれませんが許してもらいましょう。

庭の片隅は笹藪になり手のかからない秋田蕗や蟒蛇草《うわばみそう》、オオバギボウシ（ウルイ）など食用になるものが採れるようなところになっています。庭で、華やかな花は今では、季節が来れば勝手に咲いてくれる芍薬、牡丹。源平桃、百日紅などなど、手を掛けなくとも咲いてくれるようなものだけです。大きくなった一位の木も、紅葉も季節の彩りだけです。良が台所の窓辺に蔓バラを植えて、すっかり様子が変わりましたけれど、まだ少し昔の名残があります。

春になると牛尾菜《しおで》や蕗の薹が楽しめます。垣根のウコギが芽吹き、蕗、蟒蛇草、ウルイに茗荷などなどいろんな食材が庭からも採ることができます。今はたった二人分ですみますから……。五月節句には庭に育っている笹の葉を使って粽《ちまき》も作れます。築二百年以上の古い家ですから、構造はまことに不便なところがありますけれど、あちこちに新しい設備をつけてもらって、がらんとしてはいますけれど、快適にしています。あの満蒙開拓団から帰ってきたアヤさん夫婦も年を重ねましたけれど、まだ、時々顔を見せてくれて昔話をしあっています。

終章

　九月初旬、稲は黄金に色づきはじめ稔りの秋です。

「いい天気だな。久しぶりに山に行ってみようか」

と、珍しく言い出した達也と今日は高松山に行こうということになりました。考えてみると、良は子供達とは何度も行きましたが、二人だけで高松山に行くことは、あの新婚の時以来無かったような気がします。

　裏門を出ると、稲刈りを待つばかりの黄金色の田圃がありました。耕地整理されて、大きな農業機械で行われるようになった田園風景です。でもあの松の木さんと言っていた毘沙門さんの小さなお社が、整理された田圃の中に、老木となった松と何本かの杉の木に囲まれて残されてあります。昔は田圃で働く人々が彼方此方で見かけられてものですが、働いているような人影は見られません。「あの頃は……」「昔は……」という比較はできなくなっています。

舅の総輔と登ったあの時から、もう三十年ほど過ぎています。大将樅の平までの道は町の公園として整備されて、今では車椅子でも登れるようになっていましたけれど、二人はゆっくりゆっくり歩いて登って行きました。

新婚の二人で登ったこの高松山。大将樅の平は、総輔の願い通りに、整備されて、周囲に柵も作られて、町を見下ろすようにベンチが設置もされています。山の下の岩の洞にあった、山辺の神様は、今では鳥居がたてられてみんなの神社になっています。

「やれやれ。ここまで登ってくるのが大変だなんて、思ってみなかったですね。大丈夫ですか。お父さん」

「やれやれだな。ははは……。お母さんは大丈夫か？」

良おばあさんは達也おじいさんを、今でも「お父さん」とよび、達也おじいさんは良おばあさんを「お母さん」と呼びならわしているのです。おかしな話ですが……。

「大将樅」は疾うになくなっているのに、今もこの平を「大将樅の平」と言いならわしているのと同じでしょう。

「昔とはすっかり風景が変わったな」

昔の山辺の稲田だったところは、農地解放後に地籍が変わって、広がっていた稲田を横切るように住宅地が造成されて、農家だけでなく新しい家々が並んでいます。それを囲むようにまだまだ大きく田圃が残っていて、色づきはじめている情景は穏やかだった昔の情景をとどめていました。

「これでいいんだな。昔とはすっかり変わった」「豊かになった感じがする」と、達也がつぶやいていました。まだ大将樅の平が町のものにならなかったあの頃、総輔と登った時に総輔が言ったのと同じ感じがする口ぶりでした。良は、時はこうして過ぎていくのだと思ったのでした。

もう少し登ると高松山の頂上で、新婚の時に見たあの若杉のすっくと立っていた杉山が見渡せるはずなのですが、もうそれは次代の者たちのこと。二人は大将樅の平のベンチに座って、広い農地や新しく建った家々を見下ろしていました。そして昔はこの辺の土地はみんな山辺家のものだったなと噛みしめるように言った達也と良は頷き合いました。

九月。一面に広がる田圃の稲は、色づきはじめ、微かに風が渡っていきました。その景色をゆっくりと楽しんでから、またゆっくりと下りたのでした。

奥の杉林を育成している山は、今も山辺家の山です。高松山周辺が、総輔が願ったようになって三十年経過しました。今は本当にみんなの楽しい山になっているのです。昔も自由に使っていたところでしたが、町ではこの山を公園として、道をしっかりと整備し、大将樅の平には危険の無いように柵を回し、景色を見られるようにベンチを並べてくれたのです。でも、真ん中の方は結構な広さですから、今でも季節が来るとナベッコ遠足をする人達がいるとかいう話でした。ナベッコ（鍋っこ）と言うのは、鍋やみそなど調理材料を持ち寄り、季節山菜や、春ならば鰊などを持ち込んで調理して楽しむ集まりのことです。

良が総輔と大将樅の平に登ったときから三十年以上も経過しています。

その次も、遠足の人々が集えるくらい広くて大きな木が育っていませんでした。昔の大将樅の根が残っていて広く張っていたからなのだよと総輔から聞かされてはいましたが、短い草や、土の上には苔のようなものが生えていて、本当にナベッコ遠足を楽しめるくらいの広さに平らな土地でした。先に言ったように石山ですから被さっている土が少なかったからなのでしょう。でもこの平らの周りに溜まっているらしい土には自然に生えて大きくならない柴木、杉や松、クヌギなどの幼木、タラの木、ナラや漆などとりどりの自然木がぼうっと育っていて、またそれらには、木天蓼《またたび》、山ぶどう、通草《あけび》、山芋、葛など、その他沢山の有用植物が自然のまま蔓を伸ばして這いあがって育っている藪になっていました。笹や虎杖《いたどり》や、あれこれ、邪魔に大きくならない柴木などがあります。腐葉土に覆われて、少し湿り気を帯びている木の下にいろいろな茸が顔を出したのです。

高松山の一番高いところに行くまでの間にはごろごろと石が転がっている道のようなところを登るのですが、良は三度ばかり高松山に登って、奥のわが家の杉山を見たことがあるだけです。そこは総輔や林の手入れをする人達の場所があって、良はいつも留守部隊でした。

昔の子供達、本当に多くの腕白達がいましたから、道に迷う心配のない高松山の頂上に登る競争をしたりしていたようでした。その中で子供達は薪炭林になっている雑木林の下の藪の彼方此方をかき分けて、木苺を採り、アケビ、山ぶどう、山栗を拾い、名前は知らなくとも食べられるという木の実を採って食べ、漆にかぶれたりしながら零余子《むかご》を家へとって帰って、御飯を炊いてもらったりするのが楽しみだったのです。

秋にはいろいろな団栗が落ちていて、良が大将樅の平でのナベッコ遠足の仲間に入れてもらった時にも、リスなんかがチョロチョロと走り回り、鶯、山鳩、不如帰《ほととぎす》、ミソサザイやその他様々な鳥の鳴き声がにぎやかで、本当に楽しかったです。梟の鳴き声が聞こえて来たら、夕方だから子供達は家に帰ることにしていました。とにかく親しみのある高松山なのです。低い草地が広がっています。小さな沢には沢蟹がいたりして、子供達の遊びには事欠きませんでした。ですから、このあたりの人々は、老いも若きも季節が来ると、高松山の雑木をかき分けて登って、下影に入っていったり、沢に下りたりして、季節の山菜を採らせてもらい、茸を採らせてもらって、この平でナベッコ遠足をしていました。

今は機械が進歩して昔のような山仕事をする人が本当に少なくなりましたから、寂しくなりました。

とにかく楽しい早春がありました。

杣衆の親方の庄蔵の息子の源蔵がそこからちょっと西南の方に小屋を建てて炭焼きの仕事をしていて、雑木山木を炭焼きにしていました。達也の小さい頃はいつも炭焼きの煙が麓から見えたのだそうです。

達也と良がここへ帰って来た頃には、炭を昔のように使う人がいなくなってしまって、源蔵の息子の定雄も炭焼きはしなくなって、誰もする人がいなくなったみたいでした。杣夫もいなくなって、今は営林署関係の職員の人が見て回るようになり、すっかり変わりました。

山辺家の持ち山にはもう天然杉とも言うべき樹齢二百年ほどになった大きな杉が今も立っているそうです。

山辺達也はもういろいろなものの新しい名前・外国語混じりの英語でもない日本語でもないようなものの名前は覚えなくともいいのですけれど、それでも時代遅れ・アナクロと言われるのは、やっぱり不愉快みたいです。達也は「アナクロとはアナクロニズムの略で、時代錯誤という意味だ」と、ちゃんと語源を知っています。そんな人なのです。日本語なのか外国語なのかわからないものの名前なんか覚えないでもいいのです。昔といえば「昔はね、おばあちゃん。昔はね、おじいちゃん」と、言われてしまいます。何しろアラウンド九十ですから、若い時のことを重ねるというのは無理……。

隣の市と合併した町は向かい山の裾のあたりまで広がって、いろいろな建物が並び立つようになりました。その向こうを特急列車が過ぎていきました。今は煙を吐く汽車はありません。アッと言う間に過ぎていってしまいます。今は通過駅になっている町で整備される前のあの頃を思い出しています。

　高松山の麓にある山辺の氏神様だった神社は今では町で大事にされて、桜祭りをするようになっています。大将樅が威張っていた頃にも苔が生えるくらいになっていたあの古い枝垂れ桜は、もう四百歳くらいになっているのでしょう。本体は衰えて苔むして幹は洞になっていますが、根方から育ったひこばえが太くなって季節には盛りの花を沢山つけて立っているそうです。達也と同じ年の枝垂れ桜は今では見事な大木となって、枝を張って、桜祭りの名物となり、沢山の人が写真を撮りに集まってくるそうです。周りの田圃は広い駐車場になっています。

「この光景をお父さんが見たら何ていうでしょうね」

「うん。そうだなぁ。われわれが見ても驚くんだから……」

「昔はねぇ、などと言って説明できないくらいに変わりましたものねぇ」

「お前がそう言うくらいだから、お父さんたちは神代の人くらいだ。気絶するくらいに驚くだろうなぁ」

　しばらく、風景を眺めていた達也がふっと言い出しました。

「なぁ。お母さん。定が昨日ハツタケを持ってきただろう。昔は好きでなかったけれど、今は懐かしいから不思議だ。俺は山林のことばかり考えていたみたいで、茸のことは定には勝てない。知っているつもりだったけれど、松露とトリュフは知識としてしか知らない田舎者だなぁ。それを体験する機会がなかったわけではないのに……。定も知らないと思うよ」

「話には聞いたことがあるけれど、お父さんが知らない茸なんて、私も話だけしか知らないわ。どんなのものなのでしょうね。今度、定さんと一緒にレストランに行って体験してみたいですねぇ」

「定とレストランか。想像するだけで面白いな。それには季節を選ばなければならないな。松露は松林の砂の中に出るんだそうだ。昔、京都から来た友達が話していたけれど、土の中に育っていて、外からは見えないんだそうだよ。茸といえば胞子を飛ばすと思っていたんだけれど、松露やトリュフの類は虫が菌を運ぶとか……。よく知らない。トリュフはブナだとかコナラみたいな雑木林の下土に育つと言うけれど、日本には、あるかないか知らない。息子達はなんとかかんとか言っていたけれど、もう私は知る術無しだね」

「この間スーパーマーケットで、トリュフ塩っていうのを売っていましたよ。塩胡椒《こしょう》みたいに使うのかしら。一度試してみましょうか？　冥土の土産だって言えば、息子達は笑うでしょうけれど。フフフ……」。

変貌を遂げた風景の向こうの山すそをあの当時と同じように列車が過ぎていきました。今ではあの頃のような蒸気機関車ではありません。すっきりと美しい新幹線の車体がするするっと通り過ぎていきました。

二人とも今は幸せな思い出の中に生きているようです。

著者プロフィール

佐藤 幸（さとう こう）

1933年（昭和８年）秋田県生まれ。

大学理学部卒業。

地方小同人誌に、小説・エッセイなどを書く。

2004年（平成16年）『揺曳』、2021年（令和３年）『埋み火』（ともに文芸社）を上梓。

「長風短歌会」に所属して50年。佐藤ヨリ子として歌集６冊を上梓。

大将樅

2023年８月15日　初版第１刷発行

著　者　佐藤 幸
発行者　瓜谷 綱延
発行所　株式会社文芸社
〒160-0022 東京都新宿区新宿１－10－１
電話 03-5369-3060（代表）
03-5369-2299（販売）

印刷所　図書印刷株式会社

ISBN978-4-286-29047-8　JASRAC 出 2303766－301